# 衛斯理系列 少年版 25

# 大廈

上

作者：衛斯理

文字整理：耿啟文

繪畫：鄺志德

衛斯理
親自演繹衛斯理

# 老少咸宜的新作

　　寫了幾十年的小說，從來沒想過讀者的年齡層，直到出版社提出可以有少年版，才猛然省起，讀者年齡不同，對文字的理解和接受能力，也有所不同，確然可以將少年作特定對象而寫作。然本人年邁力衰，且不是所長，就由出版社籌劃。經蘇惠良老總精心處理，少年版面世。讀畢，大是嘆服，豈止少年，直頭老少咸宜，舊文新生，妙不可言，樂為之序。

倪匡　2018.10.11　香港

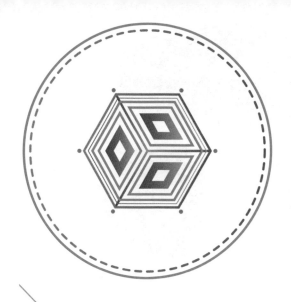

| | | |
|---|---|---|
| 第一章 | 不停上升的電梯 | 05 |
| 第二章 | 再次發生怪事 | 17 |
| 第三章 | 離奇失蹤 | 33 |
| 第四章 | 偵探事務所 | 45 |
| 第五章 | 拜訪業主 | 58 |
| 第六章 | 出塵老人 | 72 |
| 第七章 | 怪異命案 | 86 |
| 第八章 | 小郭來電 | 99 |
| 第九章 | 兩次出錯 | 114 |
| 第十章 | 身陷險境 | 127 |

# 主要登場角色

羅定

小郭

傑克

衛斯理

郭太太

陳毛

王直義

**第一章**

# 不停上升

## 的 電梯

羅定是一間**大機構**的主任級職員，與太太育有孩子，收入不錯，已經有一筆準備買房的**積蓄$**，閒時最大樂趣就是研究那些正在興建，或已經造好了的住宅大廈，希望從中選購一個合適的單位。

星期六，羅定開着車，天氣很熱，但他的興致十分高，因為他留意到一幢已落成的**住宅大廈**，售價相宜。那幢大廈高二十七層，可以俯瞰整個城市，又有很

大的 **陽台**，這一切都符合羅定的理想要求。車子駛上一條斜路，沒多久，他就看到了那幢巍峨的大廈。

大廈剛落成，還沒有人住，羅定在大廈門前停了車，才一下車，就聞到一股新房子獨有的 **氣味**。

羅定推開大玻璃門，進入大廈，看到大堂地台鋪了人造大理石，牆壁用彩色的瓷磚砌成了一幅圖案，而其中一面牆上，擺放了一整排 **不鏽鋼信箱**。

　　這可以説是第一流的住宅大廈，羅定很興奮，在大堂觀察了好一會，才大聲問：「有人嗎？」

　　一個瘦削的中年人從樓梯上走了下來，那人身子很高，瞪着眼，眼珠小得和上下眼瞼完全碰不到，小眼珠轉動着，冷淡地問：「**什麼事？**」

　　「我是來看房子的。」羅定説。

　　那人顯然是**管理員**，小眼珠仍然轉動着，不過態度友善了不少，從腰際解下一大串鑰匙來，「你想看哪一個單位？」

　　羅定早已有了主意，「**高層的**，二十樓以上，不過不要頂層，怕熱。」

　　管理員取出兩柄鑰匙來，交

給羅定，「這是 二十二樓 的兩個單位，請你自己上去看吧。」

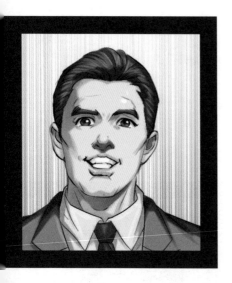

在這半年來，羅定看過不少房子，大多數不是由 經紀 陪着，就是由管理員伴着，像今天那樣，管理員將鑰匙交給他，由得他自己去看的情形，倒還是第一次。不過羅定很喜歡這個安排，一個人去看的話，可以看得更仔細一些。

給了 鑰匙 後，那個管理員又走上樓梯。羅定拿着鑰匙來到電梯門前，按了按鈕，電梯門打開，便走了進去。

電梯很寬敞，四面是鋁板，羅定按了二十二樓的 按鈕 ，電梯就開始向上升。

這時羅定已經開始在想，如果買了房子，該添置什麼新家具？要不要找室內設計師裝修得豪華一點？他從此以後不必每個月交租了，而且這幢大廈的環境那麼好，在陽台上呷一口**咖啡** 欣賞着風景，真是賞心樂事。

雖然愈想愈高興，但羅定開始覺得自己在電梯裏太久了，他望向電梯門上方的那一排**數字**，看看電梯目前在哪一層，可是他發現沒有一個樓層數字是亮着燈的。

羅定皺了皺眉，心想一定是電線鬆了，顯示燈出了**故障**，等一會下去的時候，一定要告訴管理員。

在感覺上，羅定可以肯定，電梯還在穩定地向上升。

他的心情很輕鬆，吹着口哨，可是當他吹完了一首**流行曲**後，電梯還沒有停下來。

就算是二十二樓，在電梯裏那麼久，也應該到了。他接連按下了幾個按鈕，可是沒有用，他感覺到電梯還是那

樣上升着。

　　至少又過去了五分鐘，羅定開始着急起來，全身冒着汗，用力敲打着電梯的門，不停按電梯上的「**警鐘** 🔔」鈕，可是一點用處也沒有，不論他怎樣做，電梯還是那樣向上升，按時間計算起來，電梯可能已經上升了幾千呎。羅定不由自主地喘着氣，深知那是不可能的，這大廈只有二十七層，電梯當然不可能上升了幾千呎。那麼，多半是他自己的**錯覺**，以為電梯一直在上升，但其實電梯早已停了。

電梯中途**壞**了，連警鐘也壞了，這是唯一合理的解釋。羅定極力保持鎮定，認為管理員久等不見他回來還鑰匙，自然會發現電梯壞了，召人來**救援**。

可是羅定實在無法冷靜下來，因為他不是沒有搭過電梯，電梯是否在上升，總可以感覺到出來的。

又過了許多分鐘，羅定實在無法遏止心中的恐懼了，忍不住大叫起來，高呼求救。

這時電梯突然輕微地震動了一下，終於停下來，而且**電梯門**也自動打開。

羅定幾乎是跌出電梯去的，伸手扶住了牆，看到牆上寫着二十二樓，而左右兩面有相對的兩扇大門，並沒有什麼**異樣**。

他抹了抹汗，隨便挑了一柄鑰匙，成功打開其中一個單位的門，新房子的強烈氣味撲鼻而來，一進門是一條短

短的走廊，通向一個相當寬敞的 客廳 。

客廳連着一個大陽台，羅定看到了就心花怒放，匆匆上前打開玻璃門，踏出陽台去。

就在那一刹間，他 **呆住** 了。

他來的時候，陽光猛烈、天朗氣清，但現在從 陽台 望出去，卻只見灰濛濛一片，什麼也看不到！

**天氣** 是什麼時候開始變壞的呢？

羅定又向前走出了兩步，靠住了陽台的扶欄，向下看去，不禁驚叫起來，因為他竟然完全看不見地面，感覺自己好像在 **萬呎高空之上** 那麼遠！

羅定一面驚叫着，一面奔跑離開了這個單位。

他不敢再坐那部電梯了，於是走樓梯離開，可是竟發現這裏沒有 **樓梯** 。他大感詫異，因為剛才在大堂明明看到那管理員是從樓梯下來的。

這時電梯門還開着，羅定別無選擇，只好坐電梯下去，他必須離開這幢可怖的大廈。他走進了 **電梯** ，按了鈕，當電梯門關上，而且感覺到電梯開始下降的時候，他竟然忍不住雙手掩着臉，哭了起來。

不知過了多久，電梯終於到達地面，電梯門打開，羅定直衝了出去，但因為衝得太急，「**碰**」的一聲撞在對面那排信箱上。

他扶住了信箱，喘着氣，看到自己身處大堂中，而他的車子就停在玻璃門外。

羅定慢慢站直身子，突然有人 *伸手* 搭在他的肩上，問他：「先生，看過滿意嗎？」

羅定大叫了一聲，立時推開對方，向門外奔去。他依稀聽到管理員的聲音在叫他，但他不理會，只顧拚命向前跑，跑到了他的車旁，打開車門，迅速 *開車* 離去。

　　車子轉到了斜路口，直衝下去之際，恰巧有一輛私家車正駛上來，並且在猛烈地 **響號**。但羅定一時間無法控制住車子，只看到對方的車迎面而來，接着就是一聲隆然巨響。

**第二章**

# 再次發生怪事

羅定的車子與駛上斜路來的私家車相撞，他昏迷被送進了  醫院，以上的一切，是他清醒過來之後向警方說的。

那幢大廈的管理員，名叫**陳毛**，是一個很有經驗的大廈管理員，他回答警方的查問：「那天是星期六，天氣很

熱，我聽到有人在問有沒有人，就從 二樓 走下去，看到了那位先生。」

「你看到他的時候，有沒有覺得他不正常？」負責調查這宗撞車案的警官問。

「沒有不正常。他看來很喜歡這幢大廈，他要看高層，我將 鑰匙 🔑 給了他，他就進了電梯。接着我才想起，忘了告訴他，電梯裏的小燈壞了，不過那也不要緊，電梯的運作是 **正常** 的。」

警官問：「你為什麼沒有陪他上去？」

陳毛解釋：「很多人來看房子，都不喜歡有人陪，而且那裏只有我一個管理員，我還要隨時準備接待其他來看房子的人 **若像他看那麼久——**」

警官打斷了陳毛的話，問：「有多久？」

陳毛想了一想，「好像 **半小時** ，或許更久一點，我記不起來了。他下來的時候，我看見他跌倒了，便走過去扶他，可是一碰到他，他就大叫起來，用力推開我，直奔出門外，房子的鑰匙還在他手裏，我叫他還給我，他也不聽！」

「你沒有追他？」

「**當然追！** 可是我追出去時，他已經上了車，車子向斜路衝下去，沒多久就聽到撞車的聲音！」

警官沒有再問下去，因為事情顯然和陳毛無關。

我之所以知道這事件，全因為與羅定車子相撞的，恰巧就是小郭和他的太太。

**小郭**以前是我公司裏的職員，後來他轉行成為**私家偵探**，業務蒸蒸日上，開辦了一家規模不小的偵探事務所。

他和太太婚後生活得很好，也想在那幢大廈買一個單位，所以一起去看房子，誰知道才駛近大廈，就遭遇這**無妄之災**。幸好小郭駕駛技術一流，將傷害減至最低，他夫婦倆沒有受傷，而羅定也只是**昏迷**了一會，後來在醫院也很快清醒過來，沒有大礙。

這件事，是我和小郭在一次閒聊時，他無意中提起的。

我隨即推斷道：「有一些人，不能處於一個狹窄的空

間內，他們會感到莫名的恐懼，生出許多幻想來。」

「對，我也是這樣想。那個姓羅的，一定是患有**幽閉恐懼症**和**妄想症**。」小郭苦笑道：「而最倒霉的就是我，我那輛車子是剛從意大利運來的，給他撞了一下，要送回原廠**維修**。不過幸好我還有另外一輛車子可用。」

「那麼，你究竟買了那房子沒有？」我問。

「我倒想買，不過太太説，看房子撞車，兆頭不好……」小郭似乎對那住宅大廈念念不忘，突然現出**興奮**的神情看着我，「你有空嗎？要不我們去看看，怎麼樣？」

雖然我認為那位羅先生的遭遇一定是**幻覺**，但我對那幢大廈也起了一些好奇心，於是就答應陪小郭一起去看看。

　　我們到達的時候，天已經開始黑，我們將車子停在大廈的門口，一起推開玻璃門走進大堂，小郭大聲叫道：「陳伯，**陳伯！**」

　　不一會，一個人從樓梯上走了下來。這個人，自然就是大廈的管理員陳毛。

　　「郭先生！」陳毛*滿面*笑容。

　　小郭說：「我上次想來看房子，不過撞了車，所以沒有再來看。高層的單位賣出去了沒有？」

陳毛皺着眉，「沒有，奇怪得很，這幢大廈，**一個單位** 也沒有賣出去。」

「那怎麼會？」小郭和我都感到很意外，因為這幢大廈的條件相當不錯。

陳毛說：「我也不明白，來看房子的人，沒有一個要買。」

我笑道：「那麼大廈業主豈不**倒霉**了？」

陳毛聳聳肩，「我們老闆倒不在乎，他錢多得數不清。別人的大廈，還沒建好就開始登**廣告**發售了，可是他卻不那樣做，一定要等到房子造好了再賣。要是願意早登廣告的話，只怕已經賣完了。」

「請你給我高層的**鑰匙**，我想上去看看。」小郭說。

「好的。」陳毛把鑰匙交給小郭，小郭特地要了二十

二樓的。

陳毛沒有陪我們一起上去，我和小郭進了電梯，在電梯門快關上的時候，我大聲問：「電梯裏的小燈修好了沒有？」

電梯門雖然立時關上，但依然能聽到陳毛大聲回答：「早已修好了！」

小郭按了二十二樓的按鈕，電梯便開始**上升**。

我和他互望了一眼，看出彼此都有一點緊張的神色，那自然是因為我們都想起了羅定所講的**遭遇**。

我倆不約而同地笑了一下，抬頭看那一排小燈，數字在迅速地跳動，一下子就到了十五樓，接着是十六、十七、十八……一直到二十二樓。

花了 不到一分鐘 ，電梯就到達二十二樓，門打了開來。

我和小郭又互望了一眼，更加確定那個羅先生的遭遇完全是幻覺。

我們走出電梯，小郭用鑰匙打開 *右邊*單位 的大門，然後進入屋內，開了燈。

這大廈設計得相當好，我們打開玻璃門，來到陽台上，**暮色漸濃** 的城市燈光閃爍，極其美麗。

小郭看得十分滿意，單位內一共有四間相當大的睡房，他已經一一看過，然後在一個浴室裏洗了洗手，一邊甩乾雙手，一邊走出來。

他讚歎道：「真的很不錯，我一定要**說服**太太買下這個單位！」

我笑着提醒他：「一幢大廈要是完全賣不出任何一個單位，一定有其問題。」

「問題？我看一點問題都沒有。」小郭心情愉快，又

到了同層另一個單位看了一下，除了方向不同之外，格局

**完全一樣**。

我們又進了電梯，回到大堂，小郭將鑰匙還給了陳

毛，「很好，我決定做第一個買家，這麼好的房子，沒有

人買，真不識貨！」

我倆一起離開，小郭卻忽然「**啊**」地一聲說：「糟

糕，剛才我洗手的時候，脫下**手表**，忘了戴上。我

要回去拿，你等一等我。」

我點了點頭，就在車上等他。我看到他又走進大廈，

問陳毛取了鑰匙，然後進入電梯。

我在車裏覺得無聊，便播放**音樂**。

聽了三首歌之後，我隱隱覺得有點不對勁，一首歌

大約五分鐘，如今小郭已經去了十多分鐘，怎麼還沒有回

來？

又有兩首歌播完了，我終於按捺不住，下了車，走進大廈去。

我看到電梯外面那一排燈 **全熄滅**，沒有顯示電梯正停在哪一層，我按下按鈕也沒有任何反應。

「陳伯！陳伯！」我大聲叫喚。

陳毛又從二樓走了下來，看到了我，奇怪地問：「**郭先生還沒有下來？**」

「是啊，他上去已經很久了，為什麼這電梯的燈不着？」

陳毛看了一眼，**皺眉** 道：「又壞了，唉，經常壞，真討厭！」

「陳伯，這裏只有一部電梯？」我問。

「是的，整幢大廈，只有

部電梯。」

「後電梯呢？」

陳毛搖着頭，「沒有，或許這就是賣不出去的原因，很多人都問起過，為什麼只有一部電梯。」

我又看着電梯，用力按着按鈕，同時將耳朵貼在電梯門上。我彷彿聽到一點聲響，像是電梯的鋼纜在移動的聲音，但我聽不出它正在上升還是下降。

三分鐘又過去了，電梯的聲音依然是那樣，不論是上升還是下降，三分鐘也該到達目的地停下來了吧！

我望向陳毛，「我現在走樓梯上去找郭先生，要是郭先生下來，你千萬記得，要他等我，別再上來找我！」

陳毛瞪着我：「先生，二十

幾樓，你要走上去？」

　　我沒有理會他，匆匆奔向樓梯口，**深吸一口氣**，就沿着樓梯跑上去。

## 第三章

普通人用我這樣的速度跑樓梯，相信到了十樓已經

**氣喘腿軟**，但是我受過嚴格的中國武術訓練，可以堅

持得更久。

跑到二十樓的時候，我開始氣喘，只剩下兩層了，我

又奔上一層，大叫道：「**小郭！**」

在這沒有人住的大廈中，我只聽到自己的回聲。

再奔上一層，已經到二十二樓了，我再大叫道：「小

郭！」

仍然沒有回應，我嘗試打開單位的門，但門**鎖着🔒**，

我用力拍打着門，一點回答也沒有。我大聲地叫，又拍打

着電梯門，因為我想小郭可能被困在電梯內，但是依然沒有半點回音。

這時候，我只感到**全身發涼**，小郭究竟到哪裏去了？最大可能是被困在電梯裏，而電梯不知道卡在了哪一層。一想到這裏，我感到自己真笨，應該叫管理員通知**電梯公司**的人來，於是我又飛奔下樓去。

當我跑到二樓的時候，已經聽到下面傳來陳毛的聲音：「**郭先生，你怎麼了？**」

同時我又聽到小郭極不尋常的怪叫聲，接着「碰」的一聲，好像有人撞到了什麼似的。我**連跳帶跑**下樓，到了大堂，看見電梯門開着，陳毛倒在地上，正掙扎着站起來。

我連忙過去扶起他，問：「郭先生呢？」

陳毛指着外面，我抬頭看去，只見小郭正拉開**車門**，

跳進車裏去。

我大聲叫他：「小郭！」

可是我還來不及追上去，小郭已經開車走了，引擎聲在咆哮，車子急轉了一個彎，**直衝而下**！

我知道小郭的心情一定緊張到了極點，因為他不但忘了開**車頭燈**，甚至把我也遺忘掉了。

「郭先生怎麼了？」陳毛訝異地問。

我反問道：「我正要問你，他怎麼了？」

「我在下面等着，等到**電梯門**打開，他走了出來，我就想告訴他，你上去找他了，可是我話還沒有說出口，他就推開了我，怪叫着奔了出去。就好像……」陳毛想了一想，「**上次**那位**羅先生一樣**。」

我心裏不禁升起了一股寒意，難道小郭也遭遇了和羅定一樣的怪異經歷？

「陳伯，你坐過這部電梯沒有？」

陳毛現出**駭然**的神色來，「別嚇我，我一天上上下下，不知要坐多少次！」

「可曾遇到過什麼怪事？」

陳毛搖着頭。

我吸了一口氣，來到電梯門口，跨進去，按了「二十二樓」，電梯門關上，電梯開始向上升。

電梯看起來十分正常，上方那一排燈顯示着電梯正在一層層地*往上升*。

升過了二十樓時，我的心情變得緊張起來，一直到二

十二樓，電梯就停了下來，自動打開。

我走出去看看，外面一如我剛才見過的那樣子，沒有任何異樣。

我回到電梯裏，嘗試把電梯升到**頂樓**，接着又使電梯下降到大堂，運作依然很正常。

電梯門打開的時候，陳毛就站在門前，駭然地望着我，「先生，沒什麼吧？」

我不知道該怎麼回答他，雖然我確實沒察覺到什麼*異樣*，可是我深信小郭一定遇到

了什麼 **怪事**，才會有那樣失常的反應。

我匆匆離開了大廈，召了一輛計程車去小郭家，沿途我不斷 **打電話** 給小郭，都未能接通。

到達小郭的住所後，我着急地按門鈴，來開門的是郭太太。

郭太太一看到我，就高興地叫了起來：「太歡迎了，**好久不見!**」

「小郭呢？」我問。

郭太太笑道：「請進來坐，他這個人是無定向風，説不準什麼時候回家的。」

我站在門口，並沒有進去，郭太太開始感覺到 **不對勁**，望定了我，我吸了一口氣説：「剛才，我和他在一起。」

郭太太緊張起來了，我又説：「我和他一起到那幢大

廈去看房子，你記得嗎？就是上次有一個**冒失鬼**從斜路上衝下來，撞了你們車子，令你們沒看成的那幢大廈。」

郭太太點頭道：「我記得，他怎麼了？」

「我們是一起去的，可能發生了一點**意外**，他獨自開車走了，我現在去找他。」

「究竟發生了什麼事？」郭太太驚慌地問。

「我沒有時間多作解釋，因為他開車衝向斜路的速度，比那個冒失鬼還要快。你我**保持聯絡**，有消息就立刻通知對方吧！」

我說完就匆匆走了，又截了一輛**計程車**，一整晚在小郭最有可能去的地方兜轉，可是直到天亮也一無所獲。

郭太太決定去報警，我陪着她到**警局**，恰巧聽到一個警官在報告說：「有一輛汽車浮在海邊，我們正在打撈，車牌號碼是——」

郭太太一聽到那個 **車牌號碼**，立時就昏了過去，匆匆被送進醫院。而我則趕到海邊，那時一艘**水警輪**停在海面上，另外一艘有起重機的躉船正從海裏吊起一輛汽車。

我渾身在發抖，因為那正是**小郭的車**！

我獲警方安排到了船上，只見那車子內沒有人，車門和車窗都關得好好的。

那位警官大感奇怪，伸手去開車門，車門竟全**鎖着**🔒。我不禁稍稍鬆了一口氣，因為從這樣的情形看來，車子在墮海的時候，小郭已不在車中——沒有人能夠在海裏逃出車子後，再回頭將車門鎖上的。

警方通知在 🩺**醫院** 裏的郭太太，小郭在車子墮海時，不可能在車上。

三天之後，小郭依然音訊全無。他的手表在那幢大廈二十二樓一個單位的**浴室**中被發現，他本來是為了取回這隻手表，才又單獨搭電梯上樓去的。這隻⌚**手表**仍然留在浴室

中，説明他再上去之後，根本沒有進過那個單位。

　　小郭的失蹤實在太**離奇**了，我覺得事情一定與那座大廈的電梯有關，於是決定去拜訪有過同樣怪異經歷的**羅定**。

第四章

# 偵探事務所

我查出羅定在一家很大的商業機構工作，我剛好也有一家 **出入口公司**，通過了安排，我以洽談業務為名，成功約他 **面談**。

在那個大機構的會客室中，我第一次看到了羅定。從表面上看來，他很正常，約莫四十多歲，大機構的高級職員，受過一定的 **教育**，有一定的生活方式，他是這一類人中的典型，除了他臉頰上那兩道初癒的 **疤痕**——那是

他和小郭撞車後遺留下來的。

　　羅定不知道我的真正來意，我和他先討論了一下業務上的問題，然後很快就 **話鋒一轉**：「羅先生，聽說你有一次，在一幢大廈的電梯中，有過很可怕的經驗？」

　　他的 **臉色** 一下子變了，我立時又說：「還記得你撞了他車子的那位郭先生嗎？」

　　羅定的身子震動了一下，「是的，他失蹤了。」

郭大偵探失蹤的新聞十分轟動，他自然知道。

我又說：「他失蹤的經過，你自然也知道了？當時郭先生從進電梯到出來，至少有 **十五分鐘** 之久！」

羅定神色慘白，喃喃地道：「不止十五分鐘，真的不止！」

我趁機問：「情形是怎樣的？在這十五分鐘，或者更長的時間內，電梯一直在 **上升**？」

羅定顯得很驚恐，面容抽搐，眼睜得老大，嘴唇在**顫動**，過了好久才說：「是的，電梯一直在上升，一直在上升。」

「這有可能嗎？近二十分鐘，電梯可以上升幾千呎了。」我**質疑**道。

羅定失神地喃喃道：「我不知道，我不知道。」

「那麼，在電梯終於停下來之後，又發生了一些什麼事呢？」

「沒有**發生**什麼！」

他突然變得很堅定，然後好像覺得自己這樣說有點不妥當，又補

充道：「那以後發生的事，我曾經講過了，現在不想再提！」

我有一種強烈的感覺，羅定好像在**隱瞞**些什麼。從他剛才忽然變得鎮定説「沒有發生什麼」，然後又言詞閃爍，急急地補充説不想再提，我就知道當中**大有文章**。

「羅先生，你能不能對我再講一遍呢？」我客氣地請求。

但他卻下了**逐客令**：「對不起，我很忙，你的公事已經談完了，我們雙方的業務沒有可以合作的地方！」

「那麼在私人時間裏，可不可以和我談談這件事？因為小郭是我**最好的朋友**，我要知道在他身上發生了什麼事。」

羅定很不自然地笑了起來，「醫生已經給我診斷過，我是因為工作壓力太大，導致**神經衰弱**，所以產生

了幻覺。郭先生失蹤的事，不會有什麼關連，請你以後別再來打擾我了！」

我無可奈何，只好暫時離開，卻絕不就此罷休，我在那商業機構的 **地下停車場** 中，耐心地等待着他下班。

到了 **下班時間**，很多高級職員到停車場取車，羅定也不例外，我看到他上了車子，開車離去，於是我也開車跟着他駛出了停車場。

老實說，我跟蹤他，只是抱着碰碰運氣的心態，看看能不能發掘到一些與小郭失蹤有關的 **線索**。

我看到他在一家麵包店前停了停車，一名麵包店職員拿着一個紙袋給他，他接過紙袋，付了錢，又繼續開車走了。

車子停在一條橫街上，他拿着 公事包 ▟ 和 紙袋 下了車，和街上幾個人打招呼，看來他就住在這附近。

我也下車注視着他，他走進一幢三層高的房子，這種房子是沒有 電梯 的。

我的跟蹤可說是無功而還，因為我沒察覺到半點可疑之處。可是除了他，我實在沒有其他地方可以尋找小郭失蹤的線索了，於是硬着頭皮，決定 登門造訪。

我下車走進了那房子，逐層細看，發現每層有兩個單位，而三樓其中一個單位門外釘着一塊銅牌，銅牌上刻着「 羅宅 」兩個字。

我於是按鈴，來應門的，正是羅定。

他一看見我，立時沉下臉來，「衛先生，你這算是 什麼 意思？」

我自知理虧，只好低聲下氣說：「羅先生，我是來求你幫忙的。」

他的臉拉得更長，「我不能幫你什麼，我警告你，別

偵探事務所

再來**騷擾**我！」

我聽到屋裏有女人的聲音在大聲問：「什麼人啊？」

羅定回答道：「我也不知道，**一個討厭的傢伙！**」

他一面説，一面用力關上了門。

第二天，羅定還向警方報案，投訴我騷擾他。

我無可奈何，只好從其他方向去調查。在小郭失蹤之

後，我幾乎每天都去小郭的 🔍**偵探**事務所，而且在無形之中，成為了這偵探社的臨時主持人。

事務所暫時拒絕接受任何案子，集中所有力量專門偵查小郭的下落。

我派了八名職員，日夜二十四小時輪流守護郭太太。我這樣做是因為我不知道小郭的失蹤是否出於尋仇，尤其小郭的偵探事務所接過那麼多案子，説不定在偵查某個案子時，得罪了某些犯罪組織，那麼，小郭有麻煩，郭太太也可能有麻煩。

此外，我也分派其他職員去作各方面的調查。這天，其中一名職員拿着一大疊文件來向我報告：「衛先生，我們花了不少功夫找到那幢大廈的原設計圖樣，全部資料都在這裏了。」

「嗯。」我點了點頭，那職員放下文件就轉身出去

了。

我打開那疊文件，開始細心研究，看來只是很普通的 **設計圖樣**，沒有什麼特別，最特別的一點，或許就是這幢大廈只有一部電梯。

我在眾多的文件中，找到了一張字條，上面寫着一行字：「**原有 三部電梯 設計** 取消，遵**業主 意見**，改**為 一部**。」

在這張字條上，還有一個簽名，可是無法從潦草的筆法中，辨認出簽名者的姓名。

我細心猜想，字條上所講的「業主」，自然是這幢大廈的業權擁有人。一般的程序是先有了一幅地，然後成立一家**置業公司**，聘請建築師設計建築圖樣，再招商承建，最後大廈建成後，向政府申請各種許可，就可以將一個個單位銷售出去。

我在 **字條** 上的那兩行字中，可以推測得到，原來的大廈設計有三部電梯，很可能是兩部在大堂，一部是後電梯，這樣的設計非常合理。

可是，這幢大廈的業主，**為什麼堅持**只要 **一部電梯**？

# 第五章

# 拜訪業主

業主堅持只要一部電梯，這個決定實在令人難以理解。羅定曾在那部電梯裏遭遇過**怪事**，而小郭很可能也遭遇了同樣的怪事，所以才會顯得如此慌張，最後更不知所終。那部電梯顯然是一個**重要關鍵**。

我在那設計圖樣的角落上看到設計者的名字，上面印着「**陳圖強建築師事務所**」的公司標誌，還有它的電話和地址。

我立即走出房間，向其中兩名職員吩咐道：「你們盡快去查一查，那幢大廈的大業主是什麼人，我現在就去見那位**建築師**，如果他記得業主是誰，又願意告訴我的話，

那當然最好不過,但你們也要繼續調查業主的資料!」

　　兩個職員答應了一聲,我就匆匆離開 🔍**偵探事務所** 了。

　　那建築師樓離偵探事務所不遠,我走過擁擠的街道,進入一幢**大廈**,依照地址找到了陳圖強建築師事務所,按門鈴進去。

　　這家建築師事務所規模相當大,職員眾多,接待員小姐戴着極厚的**近視眼鏡 ○○**,抬頭望了我一眼,冷漠地問:「什麼事?」

　　「我想見陳圖強建築師。」我說。

　　「事先有**預約**沒有?」

　　「沒有。」

　　她不耐煩地提起筆,問道:「姓名?」

　　「衛斯理。」

她在**記錄簿**上寫下了我的名字，又問：「求見事由？」

我皺了皺眉，「是一件很複雜的事，不是一兩句話就能講得清楚的。」

「行了！」她純熟地在簿子上寫了「**不明**」兩字，然後又問：「電話？」

這時到我開始感到不耐煩了，「小姐，我要見陳圖強先生，他在不在？如果他在，請你通知他！」

接待員小姐瞪了我一眼，冷冷地説：「陳先生很忙，來見他的人都要預約時間，你的時間是 **後天上午十時** ，給你二十分鐘，遲到是你自己的事情，行了。」

她合上了簿子，我不禁苦笑了一下，不跟她多説半句，直接闖進他們的 **辦公室** ，向着最大的房間走去，看到門上鑲有「陳圖強建築師」的名牌，接待員小姐在我背後大聲叫道：「喂，你做什麼？」

我不理她，敲了一下門，便開門進去。

那是一間相當華麗的辦公室，我立時看到一個頭髮斑白的中年人，正在辦公桌上審閱着一大批 **文件** 。

他驚訝地抬頭望着我，我立時説：「對不起，陳先生，我沒有預先得到你的同意，但是我實在有很重要的事必須見你。」

那中年人站了起來，帶着 **笑容** ：「請坐。」

接待員小姐已追到來了，**滿面怒容**，但那中年人吩咐道：「施小姐，請將門關上，這位先生有事和我談。」

那位小姐悻悻然瞪了我一眼，還是將房門關上了。

我上前和那中年人握手，自我介紹，對方就是**陳圖強建築師**。雙雙坐下來後，我立即開門見山說：「陳先生，我知道你設計過許多大廈，但其中有一幢，你對它一定有極深刻的**印象**。」

陳圖強以疑惑的眼光望着我，我繼續說下去：「那幢大廈在原本的設計裏有三部電梯，但後來業主堅持要改為一部，於是你只好遵照業主的意見，更改了你原來的設計。」

陳圖強用心地**聽着**，很快就記起來了，「不錯，我記得那幢大廈，已經完成一段時間了。」

我點頭道：「對，不過它到目前為止，依然一個單位也沒有賣出去，全部空着。」

陳圖強搖着頭，「當日我就警告過他，那麼高的大廈，一部電梯不足夠，會令住客很不方便，可他就是不聽我的勸告。」

陳圖強口中的「他」，自然是那幢大廈的業主，我接着問：「業主堅持要更改設計，是不是有什麼特殊的理由？」

陳圖強又搖了搖頭，「沒有，或者他有特殊的理由，只是沒有告訴我。怎麼了？這幢大廈有什麼問題？如

果因為電梯不足而賣不出去，那是很難 **補救** 的了。」

我笑了笑，「我並不是代表業主而來的，我只是想知道這位業主 **是誰**。」

陳圖強思索了一會，「我想不起他叫什麼名字了，好像姓王，我只記得他是個老頭子，看樣子 **很有錢** ，錢多到可以由得他的性子去固執。不過，有關客戶的私人資料，我恐怕不方便——」

我本來確實想請求他翻查文件，把業主的詳細資料告訴我的，但是我忽然收到了 **手機信息**，原來偵探事務所的員工已經查到業主的姓名和地址了。我於是站起來，向陳圖強伸出手，感激道：「你對我的幫忙已經很足夠了，謝謝你的接見，陳先生！」

陳圖強又和我 **握手**，我說不必送了，然後就退了出去，接待處的那位小姐用惡狠狠的眼光目送着我離開。

我再仔細看一次手機信息，偵探事務所員工查出那幢大廈的業主名叫 **王直義**，住址在郊外，七號公路，第九八三地段，一處叫「覺非園」的地方，大概是一座別墅。

我立即開車直赴郊區，依地址駛上了一條山路，大概二十多分鐘後，我看到了一列 **磚牆**，牆上覆着綠色琉璃瓦的簷，然後我看到了氣派十分雄偉的正門，門上有着「覺非園」三個字。

我停下了車，只見這座「覺非園」非常大，佔據了整個 **山谷**，圍牆一直向四周伸延着。

我來到門前，門是銅做的，沉重而穩固，十分古色古香。我甚至找不到門鈴，只好抓起門上的 **銅環**，用力在銅門上敲了幾下。

山中十分靜，敲門的聲音響徹山谷。

大約在兩分鐘之後，「喀」地一聲，大門上打開了一

個 小方洞 ，一張滿是皺紋的臉向我打量着，「什麼事？」

「我想見王直義先生。」

「有什麼事？」他又問。

我早已想好了藉口：「我是一個 **地產投資者** ，有意購買他建造的那幢大廈。我姓衛。」

「請等一等。」話音剛落，小洞就關上了，然後等了許久，怕有十分鐘以上，大門才忽然打開來。

我看到站在門內的，仍然是那個人，他穿着一身灰布短衣，看來像是 **僕人** ，他說：「請進來，老爺在客廳等你。」

我點了點頭，便跟着他走，沿途不禁 **驚歎** 於這座庭園宏偉而古樸的設計。數十株盤虯蒼老的紫籐，造成了一條有蓋的走廊；碎石鋪成的路，旁邊到處都是 **花草樹木** ，甚至看到了幾對仙鶴在水池邊棲息。

經過了許多曲折的路，我才看到了屋子，那位老僕不論我問他什麼，他總是不開口，以致我也不再出聲。

直至看到了 **屋子** 🏠，走進大廳後，我才不由自主地又發出了一下讚歎聲來，那種寬敞舒適的感覺真叫人心曠神怡，屋內的一切陳設全是古代的。那位老僕請我在一張鑲有大理石的椅子上坐下，然後他離去，不一會，又端出了一杯碧青的 **茶** 🍵 來，「請你等一會，老爺快來了。」

他講完這句話之後，就退了出去。整座屋子靜得幾乎一點聲音也沒有，只有風吹過幾叢翠竹所發出的聲響，聽來極其 **悅耳**。

大約等了二十分鐘，我倒也不心急，因為掛在廳堂上的 **書畫**，再花十倍時間都欣賞不完，所以我也走近畫作細看起來。

直至聽到了腳步聲，我轉過身來，看見一個身形中等，滿面紅光，精神極好的老者走了過來。

我望着他，他也 打量 着我。

# 第六章

出塵老人

望着眼前這位老先生，我心中不禁在想，要是他穿上古代寬袍大袖的**服裝**，就更配合這裏的環境了。自然，這位老先生穿的是長衫，看來也頗有**出塵**之態。

他看了我一會，向前走來，「我是王直義。」

我向他恭敬地**行禮**，「王先生，打擾你了，你住在這裏，真可以說是神仙生活。」

王直義淡然笑着，請我坐下來。

那位老僕又出來，端茶給他的主人。

我們先說了一些不着邊際的話，然後王直義開口問：「衛先生，你對我的那幢大廈**有興趣**？」

　　我立即説：「是的，這幢大廈的地段相當好，不應該落成了那麼久，連一個單位也賣不出去。」

　　王直義聽到我這樣説，只是淡然地笑了一下，「反正我現在的生活還不成問題，既然沒有人買，就讓它空着好了。」

　　我隨即又説：「王先生，我來見你之前，曾見過這幢大廈的設計師**陳圖強先生**。」

　　王直義點頭道：「是，我記得他。」

　　「這幢大廈原來的設計有三部電梯，可是在你的堅持下，改為一部。」我講到這裏，故意停頓了一下，觀察對方的*反應*，但他神情平淡，我只好直接問：「王先生，你要改變原來的設計，可有什麼**特別**的*原因*？」

　　王直義仍然只是淡然地笑，「我不喜歡現代的東西。為什麼要將人關在一個 籠子 裏吊上吊落呢？人有兩條

腿，是要來走路的，為什麼自己不走？」

我苦笑道：「王先生，你這幢大廈有二十幾層高，總不能要住客天天爬樓梯吧？」

王直義微笑着，「那算什麼，古人住在山上，哪一個不是每天要花上很多時間去登山的？況且，我已保留一部電梯，足夠了。」

他那麼説，顯然就是一個崇尚自然的環保狂熱分子，可是我細心一想，總覺得這個人有點自相矛盾，因為如果他真的那麼在乎自然，就不會在城市裏建造一幢大廈了。

我決定對他開門見山：「王先生，老實説，你那幢大廈我去過了，雖然我自己沒遇到什麼，可是有兩個人，卻相繼在電梯裏遇到了怪異的事，其中一個更已經因此失蹤了好幾天，他是我的好朋友。」

「怪事？什麼怪事？」王直義疑惑地問。

75

「據其中一個人説，他進了電梯之後，電梯不停地往上升，升到了不知什麼地方去。」

王直義聽了，「呵呵」地笑了起來，「往上升，這不就是電梯的 功用 嗎？」

我着急地解釋：「我的意思是，電梯不受控制，一直往上升，超過二十分鐘才停下來！」

王直義若有所思，點了點頭，「所以我不喜歡 現代 的東西，不可靠。」

「重點不在這裏！」我着急起來，「你知道電梯連續上升二十分鐘是什麼概念嗎？它能上升到什麼地方去？」

王直義呆呆地望着我，我忍不住問他：「王先生，你當然是坐過電梯的吧？」

怎料他搖着頭，「對不起，我從來不坐電梯。」

「騙人的！」我簡直不能相信，問道：「你沒去看過自己的大廈嗎？你一定也去過那建築師事務所吧？」

王直義淡然地回答：「我全是走樓梯的。」

我一時之間不懂得如何反應。而王直義再補充道：「我不坐電梯，還有一個原因，就是我很怕被關在一個鐵籠子裏面，不知道會被送到什麼地方去，那是很可怕的事！」

我只能苦笑起來，對一個從來未坐過電梯的人，我實在不知道該怎麼對他說明那電梯事件的怪異之處。

這實在大大出乎我的意料，我需要一些時間整理思緒，於是站了起來，「真對不起，打擾了你隱居的生活，我需要回去再想清楚，幾天後再來找你可以嗎？」

「當然可以，隨時歡迎你來。阿成，送衛先生！」

我能看出他說的只是客套話，他心底裏不太歡迎我來打擾他。

那老僕應聲走過來，我的心中突然又升起了一絲疑惑，問道：「王先生，你的家人呢？也住在這裏？」

他淡然道：「我沒有家人，只有我和阿成住在這裏。」

我微微點了點頭，也沒有再說什麼，只是道了一聲謝就離開「覺非園」。

我的手機在「覺非園」裏一直收不到訊號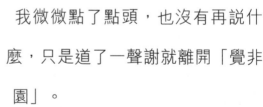，可是一離

開，馬上就接通了網絡，收到不少信息，而其中一個信息特別重要，竟然是傑克上校叫我盡快到那幢大廈去見他！

到底發生了什麼事？難道小郭失蹤的案件已交到傑克手上？傑克是**警方秘密工作組**的組長，那表示，這宗案件警方也認為有十分不尋常之處，才會交由傑克負責。

我立刻開車到那幢大廈去，希望當面問清楚傑克，警方在小郭失蹤的案件上，是不是發現了什麼新的 線索 。

車子到達那幢大廈的門口，我看到那裏已經停泊着幾輛警車、**救傷車**，還有黑箱車！

我下車後，一個警官一面向我走來，一面對着**無線電對講機**說：「上校，衛斯理來了！」

傑克的聲音也立時傳回來：「請他快上來！」

我一臉迷茫地問：「上校在什麼地方？」

警官向上一指，「在**天台**。」

我後退了幾步，抬頭向上看去，這才發現大廈的天台上也有很多人，我依稀可以辨出上校來，雖然在二十多層高的天台上，他看來很小，在向我**揮着手**，我立時走進大廈的大堂。

那警官和我一起進了**電梯**，我緊張地問：「到底發生了什麼事？怎麼黑箱車也來了？」

「你還未知道嗎？」那警官説：「天台發現了一具屍體，是這大廈的管理員。」

「**陳毛？**」我驚訝地叫了出來。

「對。有一個朋友來找他，見他不在，就上樓找，一直找到天台去，發現了他的屍體，便立即**報警**。」

這個事情太突然了，我抬頭望着電梯上面那一排數字燈，一直跳動到**頂樓**。

電梯停下，門打開，我和那警官步出了電梯，馬上聽到傑克的叫聲：「衛斯理，你到哪裏去了？電話 📞 又接不通。快過來！」

我看到天台上有幾位警員、法醫等相關人士，傑克在天台邊緣向我招手，我連忙走過去，看到地上有一幅 白

布，覆蓋着一具屍體。傑克俯身將白布揭開來給我看，我忍住噁心的感覺，注意着那具屍體。

刹那間，我心中感到怪異莫名，陳毛的屍體使我**遍體生寒**。我抬頭望向傑克，張大了口，一時間説不出話來。

傑克先開口問：「你看，*他是怎麼死的？*」

我仍然説不出話來，抬頭往上望。

天台上方當然什麼也沒有，但是傑克好像知道我為什麼會抬頭往上望，又追問：「你看出他是怎麼死的了？」

我深深吸了一口氣，**定了定神**，反問道：「屍體被移動過麼？」

傑克搖頭，「沒有。根據所有的迹象，尤其是地上的 **血迹**，屍體的形態等等看來，他就是死在這裏，沒有被移動過。」

我也可以相信這一點，因為一具 **屍體** 是不是曾被移動過，很容易看得出來。

「然而，那怎麼可能呢？」我忍不住叫了出來，一面説，一面指着陳毛的屍體，「他……是從高處摔下來跌死的！」

剛才我只看了一眼，就遍體生寒，便是這個緣故。因為，陳毛那種斷臂折足的死狀，一眼就可以看出，他是從高處墮下直接*跌死*的！

## 第七章
# 怪異命案

　　陳毛的屍體沒有被移動過，他又是從高處墮下跌死的，那麼，他是從什麼地方跌下來？難道在**半空中**？

　　我思緒繚亂，不由自主地搖着頭，「任何人都可以看得出他是跌死的，而且是從很高的地方。」

　　傑克點頭道：「是的，法醫説，就算從天台往下跳，跌在地上，也不會傷成這樣，他是從*很高很高*的地方跌下來的。」

　　我抬頭往上望，「他從什麼地方跌下來？」

　　「唯一的可能，是飛機，或者是**直升機**，飛臨大廈的上空，陳毛從機上跌下來。」

「別開玩笑了，這個可能性很低。」我說。

「這就是我着急找你來的原因，如果他不是從飛機上跌下來的話，那麼事情就更奇怪了，而**奇怪**的事只有你能想出來。」

我望着傑克，突然想起了羅定的遭遇，他曾說電梯不斷向上升，終於停下來之後，他進入了一個單位，步出陽台看到外面全是 **灰濛濛** 一片，好像在萬呎高空之上一樣。那麼，如果當時他忽然跌出了陽台，他會跌到什麼地方去呢？

我把所想到的告訴傑克，他立即罵道：「這不是比從飛機掉下來更荒謬嗎？你要我相信，這幢大廈的電梯能突破天台屋頂，再不斷向**上升**？」

「至少羅定有過這樣的遭遇。」我說。

「那是他的**錯覺**，以為電梯一直向上升，但其實

電梯在中途曾經停頓，又或者出了故障，不斷升升降降，而電梯裏的人分辨不出來，以為電梯一直在向上升。」

「但他從陽台看到的也是**幻覺**嗎？」我問。

只見傑克嘆了一口氣，「衛斯理，一些太過虛幻，近乎狂想的方向，警方不方便進行調查。」

我懂他的意思了，便說：「我明白了，和以前若干次一樣，由我來作 **私人調查** ，警方給我一切便利。」

他 **點了點頭** ，我立即

提出：「那麼，我第一件要做的事，就是再盤問羅定！」

傑克皺起了眉頭，「可是我知道他曾經向警方報案，指控你**騷擾**他。」

「所以我不方便再去找他了，除非由警方安排。」

傑克**考慮**了好一會，「好吧，我可以安排你們見面，但你別逼他太甚，因為我們根本沒理據去盤問他。」

「嗯。」我點點頭，表面上答應着。

由警方出面果然十分順利，傑克很快就約好了羅定來見面。

我準時到達傑克的**辦公室**，羅定還沒有來，傑克就提醒我：「我怕羅定不願意來，所以沒告訴他你也在，等會你的態度要溫和一些，別把他嚇跑。」

「嗯。」我又點點頭，敷衍着傑克。

這時候，一個警官已帶着羅定敲門進來，羅定一看到

我，驚訝地**愣了一愣**，傑克馬上跟他寒暄幾句，又向他解釋我在場的原因。

我等到羅定坐好了，立即開口發問：「羅先生，你記得那幢大廈的**管理員陳毛**嗎？」

羅定半轉過身來，帶點僵硬地說：「記得。」

「陳毛死了，是**被人謀殺**的！」

我這句話一出口，羅定現出驚愕的神情，而傑克卻有點憤怒地瞪了我一眼，用眼神在**責備**我，怎麼可以沒有證據就隨便亂用「謀殺」這種字眼，同時亦在提醒我說話態度要溫和些。

我不理會傑克怎樣瞪我，將一張放大了的照片展示給羅定看，那是陳毛**伏屍**天台上的情形。羅定嚇了一跳，「太可怕了！」

「陳毛是從高處墮下跌死的。」我說。

羅定呆了一呆，再仔細地看那照片，「高處墮下跌死的？但這裏好像是**天台**。」

「不錯，他死在天台上，而且屍體沒有被移動過的迹象。所以，你認為他是從哪裏跌到天台上的？」我的語氣不但不溫和，甚至有點把自己當成是**探員**，在盤問疑犯一樣。

羅定的面色在剎那之間變得十分難看，口唇掀動着，想說什麼，卻又發不出聲。我毫不放鬆，繼續逼供：「**我認為，陳毛的死和你有很大的關係！**」

我故意這樣說，是想嚇唬他，使他不敢再隱瞞什麼，把一切所知的說出來。

只見他霍地站起，向傑克投訴：「他這樣說是什麼意思？是不是警方要控告我？如果是的話，我要通知**律師**！」

傑克連忙安慰着羅定，讓他坐下來，同時又惡狠狠地

瞪着我，「衛斯理，你的話太過分了！這次會面只是普通的交談，**非正式**的！」

我冷笑了一下，「我沒有指控羅先生是謀殺陳毛的兇手，我只說陳毛的死和羅先生有關，何必緊張？」

羅定厲聲道：「他的死和我有什麼**關係**？」

我冷冷地說：「你不是曾經乘搭那幢大廈的電梯，電梯一直上升了超過**二十分鐘**才停下來嗎？二十分鐘能讓電梯上升到什麼高

度？陳毛會不會就是從那個高度跌下來致死的呢？」

「我怎麼知道！」羅定的臉漲得通紅，「我已經說過了，醫生也給我診斷過，認為那是我的錯覺，電梯可能只是**故障**停頓了，我卻以為它一直在上升！」

「那麼你在陽台所看到的情形呢？也是錯覺嗎？」我追問。

「那……可能只是霧太濃，所以才灰濛濛一片，看不清楚。」

「你確定那天真是**濃霧**的天氣？」我步步進逼。

羅定又站了起來，怒吼道：「荒謬！這些問題太無稽了，警方為什麼要做這種無聊的事？對不起，我要走了！」

他一面說，一面轉身向**門外**走去。

我對他當頭棒喝：「陳毛死了，郭先生下落不明，你能保證下一個不是你嗎？若你不把所知的一切告訴我們，

難保這樣的事不會繼續發生！」

羅定對我這句話的*反應*十分強烈，轉過身來，直視着我，眼皮不斷跳動，看來情緒有點**激動**，喘了幾口氣後，指着我怒罵：「你實在是一個無事生非的人！」

我冷靜地說：「這不算**無事生非**，你要知道，如今已有一個人死了，一個人失蹤。」

「每天都有人**失蹤**，每天都有人死，這與我何干？」

「但不是每一個人都和那幢大廈有關，都和那部電梯有關。而你是唯一一個在電梯裏遭遇了怪事，至今仍**安然無恙**的人。我們只能從你的口中知道真相了，希望你不要隱瞞什麼，這樣才可以避免意外再發生。」我說得理直氣壯。

羅定顯得有點心虛，故意躲避我的目光，望向傑克，「當日的情形，我已經原原本本對警方說過了，你們有紀

錄，請不要再騷擾我！**我可以走了嗎？**」

傑克無奈地苦笑，「你可以走了，不過，如果羅先生你忽然想起有什麼可以補充的話，請隨時通知我們。」

羅定悶哼了一聲，轉身走了。

他一走，傑克就對我怒罵：「**你搞什麼鬼？**叫你溫和一點，你卻火上加油！這樣問能問出什麼來嗎？」

我堅定地說：「至少，從他剛才的神情可以看出，他**心中有鬼**！」

# 第八章

# 小郭來電

我離開傑克的辦公室後，有了新的決定：從第二天開始，我在小郭的偵探事務所裏挑選了六個最機靈能幹的職員，一天二十四小時，日夜輪流**監視** 👁 羅定。

可是一連監視了幾天，半點進展也沒有。羅定生活正常，晨早上班，中午在辦公室附近午膳，下班後直接回家，過着非常刻板而**有規律**的生活。

而小郭依然音訊全無。我不敢去見郭太太，因為一個人失蹤愈久，**凶多吉少**的可能性愈大，但這種話我又怎麼忍心對郭太太說？

但一個星期天的早上，郭太太卻主動到我家來。白素

招呼她到 **客廳**，只見她的神情十分着急和緊張，一見到我就立即説：「衛先生，我接到了他的電話！」

我幾乎直跳了起來，郭太太所指的，自然是小郭的電話。小郭失蹤已有那麼多天，一直 **毫無頭緒**，大家都差不多要作最壞打算了，沒想到如今卻忽然收到了他的電話，那真是天大的 **喜訊**，我連忙問郭太太：「他在哪裏？」

郭太太卻搖着頭：「我不知道，他在電話裏所説的話很怪，不過我還是能認出，那的確是他的聲音。」

「那麼他説了些什麼？」我着急地追問。

郭太太掏出 **手機** 説：「自從他失蹤之後，我怕他是被人綁了票，所以每一個電話我都會錄音。他是二十分鐘前打來的，電話一講完，我就立刻來找你了！」

郭太太用手機向我們播放錄音，來電者的聲音很 **微**

弱，感覺像是訊號接收不好。此外，他説話的語速慢得離奇，聲音拖得很長，這聽起來並不是因為他自己説話慢，而更像是一段本來很正常的談話，被拖慢了許多倍來 **播放** 一樣，連音調都因此改變了。

不過即使如此，憑着我和小郭多年的交情，我還是能認出那是小郭的聲音。

在那段 **錄音** 🔲 裏，他一開始拖長着聲音問：「你聽到我的聲音麼？你聽得到我的話？」

接着便是郭太太急促的聲音：「聽到，你在哪裏？為什麼你説話那麼慢？」

但小郭好像聽不到太太的話，只是説：「你聽到我的聲音麼？我很好，你不用記掛我，我會設法回來。」

「*你究竟在* 哪裏 *?*」郭太太哭着問。

小郭完全自顧自地説話，但是他所講的，倒和郭太太

所問的相吻合，他説：「現在我不知道在什麼地方，太怪了，一切都 **太怪了**，請你放心，我現在平安無事，我一定會回來的！」

小郭的聲音講到這裏為止，接着便是郭太太一連串急促的「**喂喂**」聲，然後錄音就完了。

我首先問郭太太：「你錄音的時候有沒有錯誤 設定 了什麼？」

我這樣問，是因為小郭的聲音又慢又沉，十分奇怪。但郭太太説：「沒有啊，我當時聽到的 **聲音** 也是這樣。」

白素皺着眉，「我看，小郭不是直接在講電話，好像是有人將他的話預先錄了音，然後特地以慢速對着電話播放。」

我也有這樣的感覺，便叫郭太太再播一次那段錄音，但這次將播放速度 *加快*，小郭的聲音果然回復正常了，

而郭太太的聲音卻變得尖銳急促，這證實了白素的推斷有

點道理。

「他究竟在哪裏，為什

麼他不說？」郭太太**憂心**

**忡忡**。

我只好安慰她：「不論他

在什麼地方，既然他說自己平

安無事，你也別太擔心。」

郭太太依然很**不安**，「但你們不是說，那可能只

是有人預先錄音再播放出來，誰知道他是在多少天之前說

的，現在還是否安全……」

我明白她的意思，立刻替她分析：「現在，事情有兩

個可能，一是有人**脅持**着他，這樣的話，綁匪一定還會

有電話來的。二是他真的有了奇怪的遭遇，那麼，他說自

己平安無事是真的，他一定

會回來。」

　　講到這裏，我向白素望

了一**眼** ，「不如你先陪

郭太太回去吧。」

　　白素點了點頭，和郭

太太一起離去。而我也同

時出門，去找傑克。

　　我將郭太太傳送給

我的錄音檔，向傑克重複

播放了幾次，然後問：

「你覺得這是不是預先錄

音的？」

傑克 **一臉疑惑**，「如果不是錄音，一個人很難將自己的聲音變成這樣子，要知道，壓沉聲音放慢說話，和將音波的速度改變，是完全不同的兩回事！」

我點了點頭，同意他的想法，接着又問：「但對方為什麼要用慢速播放呢？這樣做有什麼**目的**？」

傑克苦笑着搖搖頭，顯然他也想不出合理的解釋來。

這個時候，我的手機突然響了，傑克緊張起來，「是不是他打電話給你了？」

我一看手機，是偵探事務所的職員打來，我問他有什麼事，他向我報告：「羅定全家出門，上了車，好像準備**郊遊**。」

我不假思索就說：「跟着他，有什麼消息，隨時向我報告。」

我掛了電話，傑克皺眉望着我，「你又在跟蹤誰？」

我**笑**而不語，傑克就猜到了：「你又去騷擾那個姓羅的？」

我尷尬地笑道：「我總覺得他有事情在隱瞞着。你想想，他本來向警方說，在那部電梯裏，還有在住宅單位的 **陽台** 上，都有極其可怕怪異的遭遇。但是後來再問他，他只說醫生診斷過，那一切都是他的錯覺而已。」

「那有什麼問題？」

「問題就在於，他如果有那麼嚴重的 **神經衰弱** 問題，為什麼以前從來沒有這樣的發病記錄，後來亦沒有再發生過，只是偏偏在那天坐電梯和看房子的時候發作了一次？」

傑克 **默**不作聲，找不到可反駁的地方。

我繼續說：「如果沒有其他事情發生，我倒還可以相信他那次遭遇只是錯覺。但是後來小郭失蹤了，管理員離

奇斃命，這一切都說明了那幢大廈，尤其是那部電梯，一定有什麼**古怪之處**。而我每次問羅定，他都總是刻意避而不談。所以我覺得，他一定隱瞞了某些事！」

「好了好了。」傑克掩著自己的耳朵，「你*跟蹤*某某是你的事，別告訴我，我什麼都不知道！」

我笑了一笑，離開傑克的辦公室後，在接下來的一小時中，我不斷接到有關羅定**行蹤**的報告。

　　羅定全家到郊區去，這本來是一個尋常家庭在假日裏的尋常活動。可是直到一小時之後，我開始覺得羅定此行有點不尋常，我接到的報告是，羅定的車子駛進了一條十分荒僻的小路，他們好像是準備野餐。而使我覺得不尋常的地方是：這條山路，正是通往「覺非園」去的。

　　當然，那可能只是巧合。二十分鐘後，我又接到了報告，羅定一家大小就在「覺非園」附近的一處空地野餐。再過五分鐘，我接到的報告使我心頭狂跳，報告説，羅定像是若無其事地走了開去，但一離開了家人的視線後，他就以極快的速度，奔跑到「覺非園」的門口。而且負責跟蹤羅定的人説得很清楚，羅定一到了「覺非園」的門口，立時有人開門讓他進去。

　　收到這個報告後，我興奮得歡呼了一聲，因為這證明了我的猜測正確，羅定隱瞞着一些事，他和「覺非

園」主人王直義之間是有聯繫的，而且這個聯繫還相當秘密，要不然，他就不必以全家郊遊來掩飾他和王直義的見面了！

羅定在「覺非園」只逗留了 **十分鐘** 左右，我就接到了他離開「覺非園」的報告。

我猜想羅定的行動這樣急促，是因為他不可能無緣無故離開正在野餐的家人太久。

我還收到了一些現場偷拍的 照片 ，不難看出，羅定在離開「覺非園」的時候，低着頭，好像滿懷心事的樣子。

羅定是去見王直義嗎？他們為什麼要秘密會面？我心中有着一連串疑問。王直義既然是個 深居簡出 的人，他們兩人之間可謂毫無聯繫，我唯一想到的關係就是：那幢大廈！

　　新的線索就在眼前了，可是根據之前的經驗，他們兩人都不見得會坦白將 **真相** 告訴我。不過，我已想到了一個辦法！

## 第九章

# 兩次出錯

我隱藏自己的身分，**打電話** 📞 給羅定。

他一接電話，我就壓低聲音，裝成一位老者說：「羅先生，你**下午**見過王先生，現在，王先生叫我打電話給你。」

他默不作聲，我想他一定是在發怔了，他過了好一會才說：「**又有什麼事？**我見他的時候，已經講好了！」

我的假定給 **證實** 了！我假設羅定今天去「覺非園」是與王直義見面。

我連忙又說：「有很重要的事，不會耽擱你太久，我要見你，他有很重要的話要我當面轉達，不方便在電話裏

說。請在半小時後，在九月咖啡室等我，你從未見過我，到時我手中會拿着一本 **書**。」

我不容他有懷疑或拒絕的機會，立即掛了線。

當然，他仍有可能拒絕前來，或者直接聯繫王直義，但儘管如此，我也沒有多大的損失。我於是花了半小時，將自己化裝成一個老人，然後準時到達 九月咖啡室。

我之所以選擇這間咖啡室，是因為那是著名的 **情侶** 好去處，燈光昏暗，羅定難以識穿我的偽裝。

我坐下之後，不到五分鐘，就看到羅定走了進來，我連忙舉着書，向他 **揚手**。他看到了我，逕直走過來，在我對面坐下。

我望着他，他也望着我，他先開口：「你們究竟還要控制我多久？」

我心中吃了一驚，羅定用了「**控制**」這樣的字眼，

可見事情很嚴重。

「羅先生，事實上，你沒有受到什麼損害。」我必須對答得很有技巧，以防露餡，同時又要引導他說出更多。

羅定像是忍不住要發作，他的聲音雖然壓得很低，但也聽得出他的**憤怒**，他說：「誰能保證我沒有損害？我不想當你們的白老鼠！」

他用了「白老鼠」這個字眼，我感到莫名其妙，幾乎接不上口。

我思索了一會，保持鎮定地說：「你是怕⋯⋯像**姓郭的**那樣？」

我這樣說十分冒險，因為我完全不知道內情，純粹在碰運氣試探他。

羅定帶點激動地瞪着我：「王先生已經犯了兩次錯誤，我不想作為他**第三次錯誤**的犧牲者！」

他説的「兩次錯誤」，可能就是指**小郭**和**陳毛**，而犯這兩次錯誤的人是「王先生」，自然就是王直義了！

我既然在假冒王直義的代表，面對羅定的指摘，我刻意 **乾笑** 了幾聲，刺激他説出更多。

羅定果然顯得很氣憤，繼續説：「他在做什麼，我管不着，也不想管！」

「那麼，你又何必跑到 **鄉郊** 去見他？」

我注視着羅定，看到他的臉色變得十分難看，過了好一會才喃喃地説：「是我不好，我不該接受他的 **錢$**。」

我的心不禁劇烈地跳動起來，王直義為什麼要給羅定錢呢？那自然是要收買羅定，可是他到底想羅定做什麼？

「錢誰都想要，而且他給那麼多……」羅定好像在為自己辯護。

我立時順着他的口氣説：「所以，你該照王先生的話

去做，**得人錢財，與人消災。**」

「我照他的話去做？要是他再出一次錯誤，我要了錢又有什麼用？」

我聽到這裏，不禁暗自吃驚，王直義付錢要羅定做的事是相當 **危險** 的，而他們今天的會面一定是鬧得不愉快，羅定可能拒絕了王直義的要求。我感覺到自己快探聽到真相了，刻意冷冷地説：「那麼，你寧願 **還錢**？」

羅定反應很大，直視着我，緊張地説：「你這樣説是什麼意思？是王先生示意的嗎？別忘了，他的秘密在我手裏！」

我心中興奮得難以言喻，正在想着，該用什麼方法誘導羅定將王直義的 **秘密** 説出來。

然而就在這時候，我身後忽然響起了一把深沉的聲音：「羅先生，就算我有秘密在你手中，你也不必到處跟人說！」

那是 **王直義的** 聲音 ！

我立時想站起來，可是還未站起，已有一隻手按住我的肩頭，我當機立斷，揚起 **左臂**，撥開了按在我肩頭上的手，同時轉過身來。

我一轉身，就看到了王直義。雖然我化了裝，他應該認不出我是誰，但我還是不讓他有看到我的機會，一掌推向他的臉，

把他推倒地上。然後我迅速奪門而去，離開了 **咖啡室**，隱沒在街角裏。

第二天早上，我拿起手機，正想查看跟蹤羅定的最新情報時，卻接到了傑克的電話，他一開口就說：「衛，羅定**失蹤**了！」

「什麼？」我大感愕然，因為我昨晚才見過羅定。

傑克說：「他今天沒有上班，昨晚也沒有回家，所以他的太太來報案了。」

我呆了一呆，因為經過連日來的**跟蹤**，我知道羅定是一個生活十分有規律的人，他一晚不回家，那簡直是無法想像的事，也難怪他的太太會緊張地報案。

對普通人來說，一夜沒回家是小事，但傑克判斷道：「我相信他已經遭到了**意外**。」

我大吃一驚，「你為什麼這樣說？」

傑克「哼」了一聲，「你不是派了幾個人，日夜不停跟蹤監視着羅定麼？」

「是的，我剛才正想和他們聯絡。」我說。

傑克繼續道：「昨晚負責跟蹤羅定的人，在**午夜時分**，被人打穿了頭，昏倒在路上，由途人召救護車送到醫院，目前還在留醫。我現在就在醫院，你快來吧！」

「十分鐘就到，哪間醫院？」我緊張地問。

上校說了醫院的名稱，我就衝出門口，立刻趕到醫院去。

在病房門外，我看到了傑克和幾個高級警官，在跟一位醫生談論着，**醫生**說：「他流血過多，還十分虛弱，你們不要打擾他太久。」

傑克點了點頭，轉過頭來，望着我，又「哼」了一聲。

我怒道：「你哼什麼？又不是我的錯！」

「跟蹤和**監視** 👁 羅定，可是你想出來的主意，不怪你？」

我一時語塞，然後着急地説：「現在不是爭論的時候，他情況怎麼樣？讓我看看他！」

我一面説，一面已推開了**病房**的門。

小郭事務所的那名職員躺在牀上，頭上纏滿了**紗布**，面色蒼白得可怕，一看到了我，抖着嘴唇，發出微弱的聲音來。

我來到牀邊，「慢慢説，*別心急。*」

那職員嘆了一聲，「昨天晚上，我如常監視着羅定，我看到他在**九時**左右，匆匆出門，就一直跟着他。」

我的臉不由自主地**抽搐**了一下。

那職員繼續説：「我一直跟着他，到了一家燈光昏暗

的咖啡室中，原來那裏早就有一個人在等着他。」

　　傑克這時也走過來了，插言問：「那人是什麼**模樣**的？」

　　那職員苦笑了一下，「當時我曾用手機偷拍下兩人交談的情形，可是在我被襲擊之後，**手機**也不見了。」

　　我連忙揮着手，「不必去研究那個人是誰，後來的事情怎麼樣，請你說下去。」

　　在我來說，當然不必深究在咖啡室裏和羅定見面的是什麼人，因為那個人正是我。

**第十章**

# 身陷險境

那個遇襲送院的職員，繼續敘述昨晚所看到的事：「羅定和那個**神秘人**，一直在談話，羅定的神情好像很**激動**，但是我始終聽不到他們在講些什麼。」

我又說：「不必深究他們講什麼，後來又怎樣？」

那職員愣了一愣，好像在奇怪我為什麼對神秘人的身分和談話內容**毫不關心**，只急着聽後面的事。他說：「後來，來了一個人——」

傑克忍不住打斷道：「**等一等**，又來了一個人？上一個人，你都還未說清楚是什麼模樣的。」

那職員說：「當時很暗，我看不清楚，只記得他的個

子和衛先生差不多高。」

這職員的 **觀察力** 👁 倒不錯，記得我的高度。

「後來的那個人呢？」傑克問。

「後來的那個人，年紀相當老，中等身形，他走到那神秘人的後面，伸手搭着那神秘人的肩頭，講了一句話，那神秘人就突然站起來，**轉身** 將那個老先生推倒地上，然後就奪門而去。」那職員說得一點也沒錯，這就是昨晚在咖啡室中所發生的事。

但是，在我逃了出去之後，又發生了什麼事，我卻不知道了，所以我着急地問：「**然後呢？**」

「然後，咖啡室裏亂成一團，侍應要報警，可是那個老先生塞了一張 **鈔票** ▦ 給侍應，就拉着羅定一起離開了。」

「你繼續跟蹤着他？」我和傑克齊聲問。

那職員點點頭，「是的，我繼續跟蹤他們，誰知道他們走過一條街，又到了另一間咖啡室去，兩人傾談了**一小時**左右，羅定先走，樣子很無可奈何，而那個老先生不久也走了。」

我急忙揮着手問：「等一等，你不是在羅定走的時候，立即跟着他？」

那職員嘆了一口氣，「當時我想，跟蹤羅定已經有好幾天了，他一定是回家*睡覺*ᶻᶻᶻ，然後第二天一早出門上班，不會有什麼特別，倒不如跟蹤一下和羅定傾談了那麼久的老先生。」

我**苦笑**了一下，那職員繼續說：「我跟着老先生走出了咖啡室，尾隨他來到一條很冷僻的街道上，我全神貫注在前面，冷不防突然有人從後**擊打**◇我的後腦。當我醒來的時候，已經在醫院裏了！」

我要問的都問完了，便安撫他道：「你好好休息，我相信事情快**水落石出**了。」

那職員苦笑着，神情疲憊不堪。傑克還想追問什麼，我卻把他拉出病房外。

「我還有很多**細節**未問清楚呢！例如第一個神秘人離開咖啡室後往哪個方向走，還有那個老先生的身分——」傑克說到這裏，突然用疑惑的眼神望着我，「怎麼你好像對這些細節不感興趣？」

我實在忍不住笑了起來，拍了一下他的肩頭說：「在九月咖啡室裏，和羅定見面的那個神秘人，**就是我！**」

傑克雙眼睜得比銅鈴還

大，高聲叫了起來：「你在搞什麼鬼？」

「噓！小聲點，這裏是醫院。」

「那後來的老先生又是誰？」傑克着急地問。

「是王直義。」我將昨晚我冒充王直義的代表約見羅定的事，詳詳細細説了出來。

傑克顯得十分興奮，因為很明顯，羅定和小郭的失蹤，還有陳毛的死，這些**謎團**的關鍵人物就是王直義，只要找他問清楚，事情就可以水落石出，真相大白了。

但傑克馬上又皺着眉，「可是目前這些證據不足以拘捕他來審問。」

「我們去**拜訪**他就可以了，慢慢把真相挖掘出來。」

我說。

傑克搓着手，「好，多帶兩個警員。我們立刻去！」

我曾經去過「覺非園」，所以由我開着傑克的車，直

駛 郊區 。

到達後，我連續不斷地敲門，憑上次的經驗，我知道

可能要等相當久。

過了 三分鐘 左右，門口的小方格打開，露面的仍

然是那位老僕人，他還記得我，叫了我一聲：「衛先生，

你好。」

我點了點頭，「我要見你老爺，請開門。」

「衛先生，你來得不巧，老爺出了門。」

傑克一聽，就發急將我推開，大聲說：「他什麼時候

走的？到哪裏去了？」

僕人大感駭然，「到底發生了什麼事？」

傑克向他亮出 *委任證* ，「我是傑克上校，請回答我的問題！」

老僕連忙道：「是，是，他到 檳城 去了，前天走的。」

這時輪到我大聲叫了起來：「什麼？他到檳城去了？你別胡說，我昨晚還見過他！」

老僕現出困惑的神色來，完全弄不懂發生了什麼事。

傑克説：「快開門，*我們有* ***要緊*** *的事找他！*」

「他真的出門去了，真的！」老僕一面説，一面還是開了門。

老僕 **神色驚惶**，我輕拍着他的肩，「別怕，我們只是找王老先生聊幾句。你説老實話，他在哪裏？」

老僕哭喪着臉，「他前天上 ***飛機*** ，是我送他到飛機場去的！」

我質疑道：「那麼，昨天有一位羅先生來過，他來見誰？**難道是找你的？**」

老僕睜大了眼睛，「羅先生？什麼羅先生？我根本不認識他！」

雖然沒有*搜查令*，但傑克與兩名警員也不客氣地四處查看。

在「覺非園」裏，一點現代化的東西也沒有，門口沒有電鈴，屋中沒有電話，甚至沒有電燈，就連**手機訊號**也收不到。傑克吩咐一名警員走出屋外有訊號的地方，打電話回總部查詢出入境記錄。

那警員沒多久就回來，向傑克報告：「上校，查過了，王直義確實是前天下午上飛機走的，目的地是檳城。」

那怎麼可能？我昨晚明明見過王直義。除非，世界上有 **兩個** 王直義。又或者，他們其中一個是冒充的。

傑克一臉**尷尬**，睥睨着我，好像在懷疑我昨晚眼花看錯了。

「真的，我真的見到他！」我堅定地説。

「那你自己留下來慢慢找。」傑克帶着**諷刺**的語氣低聲道。

他自知已經沒有理據再逗留下去了，便對老僕人客氣地説：「打擾了，等王老先生回來之後，我們再來拜訪。」

傑克遷怒於我，帶着兩名警員離去時，竟然真的不叫我一聲。而我也賭氣不跟他走，一個人坐在「覺非園」古色古香的 大廳 中。

那老僕用疑惑的神色望着我，我苦笑了一下，站起來，特意和他閒聊：「這麼大的地方，現在只有你一個人住？」

老僕説：「我也習慣了，老爺在的時候，他也不喜歡 講話 ，就跟只有我一個人一樣。」

　　我對他笑了笑，低着頭向外走去，老僕跟在我的後面。由於四周圍實在靜得出奇，我可以聽到他的 **腳步聲**。我一直向前走着，心裏仍想着關於王直義的事，我始終想不通，便轉過身來，希望再向老僕多問些線索。

　　怎料我一轉身，就發現跟在我身後的老僕，手中正握着一根管子。那管子顯然是 **金屬** 做的，但向外的一端似乎是玻璃，因為我看到了玻璃那種閃光。

　　他用那管子對準着我的背部，就在我突然轉身的一瞬間，他又以極快的手法，將那根管子滑進了 **衣袖** 之中，時間至多不過十分之一秒。

　　但是我卻看到了！

　　那到底是什麼東西？他剛才想用這東西對我做什麼？

　　（待續）

139

# 衛斯理系列 少年版 25

# 大廈 上

作　　　者：衛斯理（倪匡）

文 字 整 理：耿啟文

繪　　　畫：鄺志德

助理出版經理：周詩韵

責 任 編 輯：陳珈悠

封面及美術設計：雅仁

出　　　版：明窗出版社

發　　　行：明報出版社有限公司

　　　　　　香港柴灣嘉業街 18 號

　　　　　　明報工業中心 A 座 15 樓

電　　　話：2595 3215

傳　　　真：2898 2646

網　　　址：http://books.mingpao.com/

電 子 郵 箱：mpp@mingpao.com

版　　　次：二〇二二年七月初版

I S B N：978-988-8688-44-9

承　　　印：美雅印刷製本有限公司